百年启功

清空如话

启功 著

《百年启功》编辑组 编

北京师范大学出版集团
BEIJING NORMAL UNIVERSITY PUBLISHING GROUP
北京师范大学出版社

图书在版编目（CIP）数据

清空如话 / 启功著. —北京：北京师范大学出版社，
2013.1
（百年启功）
ISBN 978-7-303-14699-4

Ⅰ．①清… Ⅱ．①启… Ⅲ．①诗集－中国－当代
Ⅳ．① I227

中国版本图书馆CIP数据核字（2012）第 126280 号

营 销 中 心 电 话　010–58802181　58805532
北师大出版社高等教育分社网　http://gaojiao.bnup.com.cn
电 子 信 箱　beishida168@126.com

出版发行：北京师范大学出版社　www.bnup.com.cn
　　　　　北京新街口外大街19号
　　　　　邮政编码：100875
印　　刷：北京盛通印刷股份有限公司
经　　销：全国新华书店
开　　本：140 mm × 210 mm
印　　张：3.75
字　　数：75 千字
版　　次：2013 年 1 月第 1 版
印　　次：2013 年 1 月第 1 次印刷
定　　价：18.00 元

策划编辑：李　强　　　　　　责任编辑：李　强
美术编辑：李　强　　　　　　装帧设计：李　强
责任校对：李　菡　　　　　　责任印制：孙文凯

启功先生像

编者赘言

　　二零零四年的这个时候，我们忙着出版一个系列的启功先生新著，为庆祝启功先生九旬晋二寿辰。那次出版的有《启功口述历史》，是先生刚刚完成的生平自述，极具文献价值；《启功讲学录》，努力收集了先生讲学的讲稿、提纲和当年高足的课堂笔记，以求再现先生的讲学风采；《启功韵语集》，汇编了先生此前自编的诗词三语，并且新增了注释；《启功题画诗墨迹选》，在先生许多堪称绝唱的精彩题跋之中，只选题画诗词手迹，配以原画，最宜诗书画互美的欣赏。此外还附加了一本启功先生题跋的董其昌临天马赋原大影件。总之，都是启功先生的新书。记得五种新书送到先生手里的时候，先生精神矍铄，情绪颇高，和我们一起说了许多风趣快乐的话。先生特别说，书应该出得小一些，一本书说明一个问题就好，要照顾买书的人，不必用大部头吓人。我们也决定为先生编一些"小书"，并且和先生讨论编辑的原则，将设想征得了先生的同意。

　　如沐春风的情景宛在眼前，启功先生旋即仙逝了。八年容易，这期间征集和整理《启功全集》，已经力不从心，遑论它顾。在启功先生诞辰百年的时候，我们终于选集了这几本"小书"，纪念先生的冥诞，回向先生的教泽。本系列小书共五本，希望简介启功先生不同方面的成就，以"百年启功"为总题。

　　《启功自传》即是之前出版的《启功口述历史》，这次去掉了初版所配的插图，单色印刷，以压缩成本继而降低定价、方便流布。本书初版，编者以为是书界数年不遇的难得选题，其中言近旨远，情理回环，非先生不能道也。图书是个例外的产品，定价无关乎作者思想内容的价值。封面特别注出原版书名，提醒买过的读者不必重复。五本小书均注明系编者所编，以明确不是启功先生自编交付出版的图书了。

　　《文体两种》，我们选择了先生此前出版的《汉语现象论丛》中的两篇。其中《说八股》在上世纪八十年代曾经出版单行本，当时造成一种重新审视的轰动，有张中行先生、金克木先生等同名著作相继出版。《创造性的新诗子弟书》，有关于启功先生一个学术观点，即唐诗宋词元曲、明代小说之后，子弟书是古典文学在有清一代的典型文体。也许接近新文化的开元影响，子弟书的文学价值遂遭遗忘。此文对子弟书的形式、特点和成就有精确的论说。

《清空如话》，是启功先生"白话诗词"的选集，"清空如话"本是启功先生论李清照的话，移来作先生诗词选集的名称。中华是历史悠久的诗歌民族，诗歌到了现代，有各种探索的道路。启功先生白话入律的创作，是成果卓著的尝试。选集特别注意了诗人真切情感、朴实白话而不出音律的诗、词、铭创作，希望更多读者看到古典情怀不远我们当代的纷繁生活。

《绝妙好辞》是启功先生文选小集。"绝妙好辞"是以集中一篇文章而总署书名。先生的文章自青年时期就有一种老僧讲经不耸视听的平稳，有一种话浅理深想多说少的精密。文章是启功先生自青年时期就开始的名山事业，是一生追求、精神所系，是外装修青砖白墙、入里去七宝楼台的精神世界。不知小书陋选得能反映也不？

《书画逸兴》选择先生书画手泽若干件，是简单印刷、平实装帧的书画作品集。其实，先生的作品不在尺幅巨大，而在趣味逸兴，一片纸、几数笔，"千里面目"，遣兴而已，有些甚至是无意流传的草稿便条。集中注意选集先生一些不经意、随手间的手泽，没有大义，只堪把玩。我们这么选辑，希望读者更能了解启功先生，希望读者更加喜爱中国笔墨文化。

多年以来，北京师范大学出版社出版了启功先生著作多种，感谢启功先生的关心和放任。如何编辑好启功先生的诗文著作和书画作品，我们一直在努力，也请读者高明有以教导。欢迎有心诸公随时联系本社启功先生著作编辑研究室，给以具体的要求和指教。

编者

2012 年 6 月 30 日

目　录

秋　水

一寸横波最泥人。东流西去总无因。

洞庭木落佳期远，洛浦风生往跡湮。

璧月终残天外路，馀霞空染镜中身。

从今楚客登临处，红蓼青苹未是春。

止　酒

三十不自立，狂妄近旨酒。

量仄气偏豪，叫嚣如虎吼。

一盏才入唇，朋侪翕相诱。

宿醉怯馀醒，峻拒将返走。

欢笑逾三巡，技痒旋自取。

蚁穴溃堤防，长城失其守。

舌本忘醇醨，甘辛同入口。

席终顾四坐，名姓误谁某。

踉蹡出门去，团圞堕车右。

行路讶来扶，不复辨肩肘。

明日一弹冠，始知泥在首。

醒眼冷相看，赧颜徒自厚。

贱体素尪羸，殷忧贻我母。

披诚对皎日，撞破杯与斗。

沉湎如履霜，坚冰在其后。

戒慎始几微，匡直望师友。

年来肥而喜睡，朋友见嘲，赋此答之

神怡寿可期，形劳心自苦。

所以上世贤，一眠一万古。

开眸有荆榛，闭目无豺虎。

一默胜千言，克敌非钺斧。

倚立足相重，独坐颐还拄。

夕永夜尤长，高枕舒筋膂。

仙乡号黑甜，美謚良足取。

龜息与雷酣，雅奏卑钟鼓。

崇朝被奇温，聒噪晨禽聚。

转侧卧蒙头，馀梦犹可补。

炎夏苦歊蒸，酷日悬亭午。

正好乘松风，往寻华胥侣。

宰予获圣心，昼寝真法乳。

汉儒强解事，画寝非达诂。

咄咄朽木训，岂是由衷语。

夫子惜金针，不度聋与瞽。

寄声陈希夷，慎传混沌谱。

自题新绿堂图

　　窗前种竹两竿，榜曰"新绿"。心畬公为作新绿堂图，自题一首。

　　乔木成灰倚旧墀。庭前又得玉参差。

　　改柯易叶寻常事，要看青青雨后枝。

临　池

颠张醉素擅临池。草至能狂圣可知。
力控刚柔惊舞女，机参触悖胜禅师。
常将动气发风手，写到翻云覆雨时。
万语千言归一刷，莫矜点画堕书癫。

卓　锥

　　寄居小乘巷，寓舍两间，各方一丈。南临煤
铺，时病头眩，每见摇煤，有幌动乾坤之感。

　　卓锥有地自逍遥。室比维摩已倍饶。

　　片瓦遮天裁薜荔，方牀容膝卧僬侥。

　　蝇头榜字危梯写，棘刺楔题阔斧雕。

　　只怕筛煤邻店客，眼花撮起一齐摇。

次韵青峰吴门见怀之作

其时余方参预《历代散文选》讲义编写之役。
主持者云，文之有有益者，有有害者，人所习知。
尚有虽非有益，但亦无害者，仍可入选。

回环锦札夜三更。元白交期埶与京。
觉后今吾真大涤，抛残结习尚多情。
编叨选政文无害，业羡名山老更成。
何日灵巖陪蜡屐，枫江春水鉴鸥盟。

昭君辞二首

　　古籍载昭君之事颇可疑，宫女在宫中，呼之即来，何须先观画像？即使数逾三千，列队旅进，卧而阅之，一目足以了然。于既淫且懒之汉元帝，并非难事。而临行忽悔，迁怒画师，自当别有其故。按俚语云："自己文章，他人妻妾"，谓世人最常矜慕者也。昭君临行所以生汉帝之奇慕者，为其已为单于之妇耳。咏昭君者，群推欧阳永叔、王介甫之作。然欧云："耳目所及尚如此，万里安能制夷狄"，此老生常谈也。王云："汉恩自浅胡自深，人生乐在相知心"，此愤激之语也。余所云："初号单于妇，顿成倾国妍"，则探本之义也。论贵诛心，不计人讥我"自己文章"。

　　　　吾闻汉宫女，佳丽逾三千。
　　　　长门永巷中，闭置不计年。
　　　　他人妻若妾，一一堪垂涎。
　　　　初号单于妇，顿成倾国妍。
　　　　假令呼韩邪，自秉选色权。
　　　　王嫱不中彀，退立丹墀边。
　　　　汉帝复回顾，嫫母奚足怜。
　　　　黄金赐画工，旌彼神能传。

毅然请和亲，身立万里功。

再嫁嗣单于，汉诏从胡风。

泛观上下史，常见蒸与通。

父死不杀殉，何劳诸夏同！

假令身得归，依然填后宫。

班氏外戚传，鲜克书善终。

卓彼王昭君，进退何从容。

知心尚其次，隘矣王荆公。

转

"别肠如车轮，一日一万周"。

昌黎有妙喻，恰似老夫头。

法轮亦常转，佛法号难求。

如何我脑壳，妄与法轮侔。

秋波只一转，张生得好逑。

我眼日日转，不获一雎鸠。

日月当中天，倏阅五大洲。

自转与公转，纵横一何稠。

团圞开笑口，不见颜色愁。

转来亿万载，曾未一作呕。

车轮转有数，吾头转无休。

久病且自勉，安心学地球。

孤蹤

窗悬素月照无眠。历历孤踪在眼前。
惨绿昔输荒草色，深酡近愧夕阳天。
蚀残病叶通风雨，执烂馀柯耐岁年。
漫笑吾生薄于纸，也曾留得好云烟。

痛心篇二十首 （并序）

（以下一九七一年至一九七五年作）

　　先妻讳宝琛（初作宝璋），姓章佳氏。长功二岁，年二十三与功结褵。一九七一年重病几殆。一九七四年冬复病，缠绵百日，终于不起，时在一九七五年夏历花朝前夕。是为诞生第六十六年，初逾六十四周岁也。

　　　　结婚四十年，从来无吵闹。
　　　　白头老夫妻，相爱如年少。

　　　　先母抚孤儿，备历辛与苦。
　　　　得妇喜常言，似我亲生女。

　　　　相依四十年，半贫半多病。
　　　　虽然两个人，只有一条命。

　　　　我饭美且精，你衣缝又补。
　　　　我剩钱买书，你甘心吃苦。

　　　　今日你先死，此事坏亦好。
　　　　免得我死时，把你急坏了。

枯骨八宝山，孤魂小乘巷。

你且待两年，咱们一处葬。

强地松激素，居然救命星。

肝炎黄胆病，起死得回生。

愁苦诗常易，欢愉语莫工。

老妻真病愈，高唱乐无穷。

（以上一九七一年秋作，病起曾共读，且哭且笑。）

老妻病榻苦呻吟。寸截回肠粉碎心。

四十二年轻易过，如今始解惜分阴。

　　　　　（一九七五年初，其病已见危笃。）

为我亲缝缎袄新。尚嫌丝絮不周身。

备他小殓搜箱箧，惊见衷衣补绽匀。

病牀盼得表姑来。执手叮咛托几回。

"为我殷勤劝元白，教他不要太悲哀。"

君今撒手一身轻。剩我拖泥带水行。

不管灵魂有无有，此心终不负双星。

梦里分明笑语长。醒来号痛卧空牀。

鳏鱼岂爱常开眼，为怕深宵出睡乡。

狐死犹闻正首丘。孤身垂老付飘流。
茫茫何地寻先垄，枯骨荒原到处投。

妇病已经难保。气弱如丝微袅。
执我手腕低言，"把你折腾瘦了"。

"把你折腾瘦了，看你实在可怜。
快去好好休息，又愿在我身边。"
　　　　　　（病中屡作此言）

只有肉心一颗。每日尖刀碎割。
难逢司命天神，恳求我死她活。

自言我病难好。痛苦已都尝饱。
又闻呓语昏沉，"阿玛刚才来到"。
　　　　　　（满人称父曰阿玛）

明知呓语无凭。亦愿先人有灵。
但使天天梦呓，岂非死者犹生。

爹爹久已长眠，姐姐今又千古。
未知我骨成灰，能否共斯抔土。
　（先胞姑讳季华，不嫁，与先母同抚功成立，
卒葬八宝山公墓，先妻骨灰即埋于穴旁，功自幼
呼胞姑为爹。）

自题画册十二首

（以下一九七六年）

旧作小册，浩劫中先妻褫其装池题字，裹而
藏之。丧后始见于箧底。重装再题。

依稀明月短松岗。苫箧缄来墨自香。
老眼半枯迷五色，并无金碧也辉煌。

雨馀庭院半青苔。清秘高堂为我开。
大点浓皴肥笔刷，云林从此不重来。

山色由人随处有，水光藉纸本来无。
笔端造化原如此，何必王维雪意图。

羊毫生纸画难论。的的山头墨几痕。
剩与元晖同一诮，烟云懵懂树无根。

人言粉面似升仙。化作膏唇墨湛然。
昔日江南曾一见，陂塘卅六草如烟。

大千云物自浮沉。浩荡江湖送古今。
雪白麻笺山一髪，笑他真个不胜簪。

山川浑厚得其浑。密叶稠苔点欲昏。
梅壑梅花浑莫辨，三生石上旧精魂。

喜气写兰怒写竹（元人语），丛兰叶嫩竹枝长。
漫夸心似沾泥絮，喜怒看来两未忘。

寒鸦万点隋炀（平声）帝，流水孤村秦少游。
尘土砚池浇絮酒，清明时节写黄丘。

变幻无如岭上云。从来执笔画难真。
如今不复抛心力，且画源头洗眼人。

大夫一别几千春。仿佛鬖髵尚有神。
佔得人间半盆景，鳞皮无语自成皴。

水流云散碧天低。浅渚危峰望欲齐。
十个乌鸦鸣秃柳，风来摇曳不堪栖。

自譔墓誌铭

中学生，副教授。

博不精，专不透。

名虽扬，实不够。

高不成，低不就。

瘫趋左，派曾右。

面微圆，皮欠厚。

妻已亡，并无后。

丧犹新，病照旧。

六十六，非不寿。

八宝山，渐相凑。

计平生，谥曰陋。

身与名，一齐臭。

（六，读如溜，见《唐韵正》）

友人索书并索画，催迫火急，赋此答之

来书意千重，事事如放债。

邮票尚索还，俨然高利贷。

左臂行将枯，左目近复坏。

左颧又跌伤，真成极右派。

鄙况不多谈，已至阴阳界。

西望八宝山，路短车尤快。

拙画久抛荒，拙书弥疥癞。

如果有轮回，执笔他生再。

题刘墉杂书册，用伊秉绶题尾韵

刘墉书迹颇斓斑。仿佛襄阳画里山。
四十二泉翻阁帖，精魂枣石此中还。

一九七八年十二月在长春吉林大学
观哲里木盟出土西周铜器二首

闼门如镜沐晨光。更见朱申世望长。

我愧中阳旧鸡犬，身来故邑似他乡。

（长白山天池，满语曰闼门。）

中华文物灿商周。远自毡乡暨粤陬。

宝历四千人一体。有谁斗胆伺金瓯。

见镜一首。时庚申上元，先妻逝世将届五周矣

岁华五易又如今。病榻徒劳惜寸阴。

稍慰别来无大过，失惊俸入有馀金。

江河血泪风霜骨，贫贱夫妻患难心。

尘土镜奁谁误启，满头白髪一沈吟。

《共勉》一首致新同学

学高人之师，身正人之范。

顾我百无成，但患人之患。

二十课童蒙，三十逢抗战。

四十得解放，天地重旋转。

院系调整初，登此新坛坫。

也曾编讲章，也曾评试卷。

谁知心目中，懵然无灼见。

职衔逐步加，名器徒叨滥。

粉碎"四人帮"，日月当头换。

政策解倒悬，科学归实践。

长征踏新途，四化争贡献。

自问我何能？忍然增愧汗。

寄语入学人，寸阴应系念。

三育德智体，莫作等闲看。

学位与学分，岂为撑门面。

祖国当中兴，我辈肩有担！

　　　　　　　　　　一九八〇年

次韵黄苗子兄题聂绀弩《三草集》

"口里淡出鸟"，昂然万劫身。
飞来天外句，劐却世间文。
眼比冰川冷，心逾炭火春。
娲皇造才气，可妒不平均。

南游杂诗五首

千里南来访鹤铭。长桥飞跨大江横。
河声岳色寻常见，一到金焦眼倍青。

点画俱经白垩描。无端吓煞上皇樵。
何当重堕江心去，万里洪流著力浇。

巍然歌吹古扬州。历历名贤胜跡留。
劫火十年烧未尽，绿杨丝外夕阳楼。

饭后钟声壁上纱。院中开谢木兰花。
诗人啼笑皆非处，残塔欹危日影斜。

非关胡马践江干。大破天荒是自残。
待写扬州十年记，游魂血污笔头干。

临八大山人双鸟图，误题为雏鸡，拈此解嘲，二首

暮年肝胆失轮囷。不为鸡虫自损神。

开卷有时还技痒，居然四个大山人。

（客问四大山人出处，对曰：即是半个八大山人。客曰，颜之厚矣。）

涎涎双禽尾最奇。如何误认作雏鸡。

舞文弄墨先睁眼，不辨鸡禽莫乱题。

（"燕燕。尾涎涎。张公子，时相见"。汉代谣谚。涎音殿，或作涎涎，误。）

东坡像赞

香山不辞世故，青莲肯涸江湖。
天仙地仙太俗，真人惟我髯苏。

彻夜失眠口占二首

垂老无家别，居然德不孤。

纷纷登鬼录，滚滚见吾徒。

"凡"下休题"鸟"，"乎"前可坐"乌"。

何须求睡稳，一榻本糊塗。

气管多年病，愁凉复畏风。

炎天张火伞，小屋作蒸笼。

蚊子钻难入，雷公打不通。

案头电风扇，无处立新功。

失眠三首

月圆花好路平驰。七十年唯梦里知。
佛法闻来馀四谛，圣心违处枉三（平声）思。
满瓶薄酒堆盘菽，入手珍图脱口诗。
昔日艰难今一遇，老怀开得莫嫌迟。

"十年人海小沧桑"。万幻全从坐后忘。
身似沐猴冠愈丑，心同枯蝶死前忙。
蛇来笔下爬成字，油入诗中打作腔（叶）。
自愧才庸无善恶，兢兢岂为计流芳。

半生原未尽忘财。计拙心疏亦可哀。
比屋东邻偏左顾，出门西笑却归来。
未存灵运生天想，却羡刘伶就地埋。
狼籍一堆残稿在，灯前页页逐颜开。

写字示友

笔不论钢与毛。

腕不论低与高。

行笔如"乱水通人过"，

结字如"悬崖置屋牢"。

临八大山人画自题

胆无八大大。气无八人霸。

八大再来时，还请八大画。

八大未来时，此画先作罢。

试读《人觉经》，我话非废话。

忽然患聋，交谈以笔，赋此自嘲

眩后无端又耳聋。不痴也作阿家翁。

喧嚣中有安禅法，笔砚平添对话功。

虎脸未成甘画狗，蜇心微贯不雕龙。

悬知地覆天翻处，有色无声一瞬中。

兰亭集会后至西湖小住十首

逸少兰亭会，兴怀放笔时。
那知千载下，有讼却无诗。

细雨入珍丛。群葩乐晓风。
人行双意满，花发十分红。

百步云楼径，千竿绿影稠。
低回心独羡，肥笋号猫头。

忠骨巍峨冢，奸型缧绁人。
后来芳与臭，一样不关身。

执梃降王长，填金铁券铭。
几杯生日酒，醉眼看祥兴。

鹤放随游屐，梅开伴苦吟。
孤高林处士，毕竟有牵心。

苏白双堤矮，行人日往来。
便倾三峡水，依旧不能开。

昔日氍毹上，清歌听断桥。
我来无白雪，犹自客魂销。

艮岳祥龙石，吴山立马峰。
若论风景好，人巧逊天工。

佔断湖山美，林深偃月堂。
行人虚指点，何处贾平章。

和黄苗子兄

　　苗兄因食油腻过多，脚患痛风之症，住进空军医院治疗，须茹素多日。诗来诉苦，奉答一首。

　　"口里淡出鸟"，皆因患痛风。

　　寻常太饕餮，半月不轻松。

　　摄卫心如死，医疗地对空。

　　明朝一出院，狂赛马拉（作平）松。

族人作书画，犹以姓氏相矜，徵书同展，拈此辞之，二首

闻道乌衣燕，新雏话旧家。
谁知王逸少，曾不署琅琊。

半臂残袍袖，何堪共作场。
不须呼鲍老，久已自郎当。

硃笺上金笔画双松

双松光腾金，一纸色吐火。
举示李泰和，欣然称似我。

惠州纪念东坡逝世八百八十八年征题

东坡自叹命宫坐磨蝎。

遂令洛下诸愚皆欲杀。

贬逐黄州儋州与惠州，

星殒年周八百八十八。

复经扬法批儒笑柄腾，

何损经天无尽日与月。

偶作墨笔山水

略似董香光，又近僧珂雪。
捧心供捧腹，聊以藏吾拙。

公元一九九零年元日口占

无限崎岖岁月过。偶逢晴暖幸婆娑。
停来跛履登山屐，振起灰心对酒歌。
大地回环新蚁聚，重洋浩渺旧鲸波。
匹夫头白如春雪，尚望年丰万事和。

自题画砗竹

看竹者多画者少。成竹在胸人更杳。

映日研砗勘字馀，小卷冰笺乘兴扫。

时见长梢出短丛，一任丰林吞细篠。

雨叶低垂风不摇，蛇径深藏人莫晓。

竿助渔家钓可持，笋号猫头馋易饱。

横塗竖抹狠狠描，大肉硬饼层层咬。

或问斯图何处好。鬼斧神工逊其巧。

壁上尘成明月砂，砚底光生朝日皎。

君相造命我造竹，青翠新篁变朱草。

只堪废籧伴笔头，莫使此君为绝倒。

赌赢歌

老妻昔日与我戏言身后况。

自称她死一定有人为我找对象。

我笑老朽如斯那会有人傻且疯，

妻言你如不信可以赌下输赢账。

我说将来万一你输赌债怎生还，

她说自信必赢且不需偿人世金钱尘土样。

何期辩论未了她先行，

似乎一手压在永难揭开的宝盒上。

从兹疏亲近友纷纷来，

介绍天仙地鬼齐家治国举世无双女巧匠。

何词可答热情洋溢良媒言，

但说感情物质金钱生理一无基础只賸鬖眉男子相。

媒疑何能基础半毫无，

答以有基无础栋折樑摧楼阁千层夷为平地空而旷。

劝言且理庖厨职同佣保相扶相伴又何妨，

再答伴字人旁如果成丝只堪绊脚不堪扶头我公是否能
保障。

更有好事风闻吾家斗室似添人，

排闼直冲但见双牀已成单榻无帷幛。

天长日久热气渐冷声渐稀，

十有馀年耳根清净终无恙。

昨朝小疾诊疗忽然见问题，

血管堵塞行将影响全心脏。

立呼担架速交医院抢救细检查，

八人共抬前无响尺上无罩片过路穿街晾盘儿扛。

诊疗多方臂上悬瓶鼻中塞管胸前牵线日夜监测心电图，

其苦不在侧灌流餐而在仰排便溺遗臭虽然不盈万年亦足满一炕。

忽然眉开眼笑竟使医护人员尽吃惊，

以为鬼门关前阎罗特赦将我放。

宋人诗云时人不识余心乐，

却非傍柳随花偷学少年情跌宕。

牀边诸人疑团莫释误谓神经错乱问因由，

郑重宣称前赌今赢足使老妻亲笔勾销当年自诩铁固山坚的军令状。

无款雪景牧牛图，古媚可爱，因题

禅家机锋每拈水牯牛。画家点染好写林塘幽。

积翠西园赫然见此本，树枝屈铁下映牛毛柔。

名画贵处在佳不在款，图上幸未妄署韩戴流。

世有李迪归牧出宝笈，持较此轴风格殊堪俦。

不问为宋为元递射覆，但觉一树一石俱宜收。

常见画费九牛二虎力，浮烟涨墨块块黑石头。

吾病心胸气闷已经岁，那堪再压木炭千层楼。

居然艺林种子竟不绝，绢上神去谬论今全休。

展玩之际积郁得快吐，山明水秀人欢牛乐彼此同天游。

从兹画在吾诗亦必在，蹄迹题记牛眼我眼一照即足垂
千秋。

自题画竹四首

春竹

风入淇园万竹新。自调青绿写来真。
干霄直节凭君倚，不必天寒翠袖人。

雨竹

雨挟狂风卷地来。杂披丛竹压成堆。
粗枝大叶粘连处，一任摧烧扯不开。

硃竹

斗室南窗竹几竿。曈曨晴日不知寒。
风标只合研硃写，禁得旁人冷眼看。

雪竹

老屋墙隅竹几丛。擎霜戴雪沐寒风。
无声无臭无华实，冷暖阴晴色一同。

古诗二十首　蓬莱旅舍作

一

可怜戚元敬，御倭功最奇。
徇军欲斩子，今人似不知。
蓬莱有水寨，仰止留遗思。
谁料属四旧，下令为破之。

二

八仙传说多，谁曾得一遇。
遂有艺术家，编为电视剧。
演员俱化装，各自持道具。
小船遭大风，神仙入海去。

三

北魏郑道昭，大书凿石壁。
云峰高崔嵬，署字颇充斥。
如今名胜区，告示禁题刻。
妙计新碑林，飞鸿得留跡。

四

刘邦有天下，功狗无或生。
身死诸吕殛，后宫亦以清。
陈平擅奇计，事过尤可徵。
代王梦中来，高祖空战征。

五

尽瘁出祁山，亦寓自全计。
后主抑其丧，足见疑与忌。
狼顾司马懿，魏文屡相庇。
方诩知舜禹，转瞬食其弊。

六

古人各著书，所以教后代。
后人遂其私，言好行则坏。
掠财及杀人，二者包无外。
亦有蚩蚩氓，动色望之拜。

七

史载杀人狂。北齐推高洋。
历时未千载，复有朱元璋。
清人代明政，遗臣攀先皇。
康熙下拜后，洪武仍平常。

八

老子说大患，患在吾有身。
斯言哀且痛，五千奚再论。
佛陀徒止欲，孔孟枉教仁。
荀卿主性恶，坦率岂无因。

九

老翁系图圄，爱猫瘦且癞。
七年老翁归，四人势初败。
病猫绕膝号，移时气已塞。
人性批既倒，猫性竟还在。

十

吾爱诸动物。尤爱大耳兔。
驯弱仁所钟，伶俐智所赋。
猫鼬突然来，性命付之去。
善美两全时，能御能无惧。

十一

吾降壬子年，今第七十九。
年年甘与苦，何必逐一剖。
平生称大幸，衣食不断有。
可耻尚多贪，朝夕两杯酒。

十二

元戎基督徒，问其部下将。
祷告近如何，答言圣灵降。
元戎掴一掌，俨然临济棒。
乃知耶与禅，参透都一样。

十三

宇宙一车轮，社会一戏台。
乘车观戏剧，时乐亦时哀。
车轮无停辙，所载不复回。
场中有醉鬼，笑口时一开。

十四

神灭神不灭，有鬼或无鬼。
滔滔论不已，各自凭其嘴。
我信千年后，此辩终难止。
可怕在活人，万般弔其诡。

十五

世人无贤愚，皆愿得长寿。
幸福盼速来，既来瞬即旧。
纵活过百年，何尝觉其够。
最终呼吸前，往事一尘厚。

十六

人生所需多，饮食居其首。
五鼎与三牲，祀神兼款友。
烹调千万端，饥时方适口。
舌喉寸馀地，一咽复何有。

十七

科学利人多，杀人亦殊工。
炸药作武器，死者如沙虫。
可怜诺贝尔，技穷宁自轰。
奖金奖生杀，获者心蒙蒙。

十八

名酒色同黄，绍兴不如啤。
啤号软面包，可以补吾饥。
绍兴度偏浓，血涨梗心肌。
行当作酒铭，饮酒但饮醨。

十九

吾敬李息翁，独行行最苦。
秃笔作真书，淡静前无古。
並世论英雄，谁堪踵其武。
稍微著形迹，披缁为僧侣。

二十

归乘小飞机，四刻六百里。

不驾兜罗云，安坐沙发椅。

俯首瞰大地，远过蜃楼美。

寄语蓬莱仙，此际我胜你。

临国香图因题

所南翁，心独苦。

画幽兰，不画土。

肖即有可思，构宁无自侮。

谁实助了金安出虎银蒙古。

心畬公画小卷，散原老人为袁思亮题引首

小卷山河远，长年事业空。
声华馀宿墨，身世感飘蓬。
杜甫湘中句，韦庄剑外踪。
何人为收拾，遥叹海云封。

钟敬文先生惠祝贱辰，次韵奉答

文字平生信夙缘。毫锥旧业每留连。

荣枯弹指何关意，寒燠因时罔溯源。

揽胜尚矜堪撰杖，同心可喜入吟笺。

樽前莫话明朝事，雨顺风调大有年。

樽前七字韦端己句，雨顺四字大赐福剧开场句也。

恋榻

春残接夏初，远眺失平芜。
云密漫寒宇，尘浓压敝庐。
客嗔缘恋榻，灯耗为观书。
幸有铅为笔，诗成仰面书。

夜中不寐，倾箧数钱有作

（杂用相类诸韵，不敢解嘲称进退格也。）

纸币倾来片片真，未亡人用不须焚。

一家数米担忧惯，此日摊钱却厌频。

酒酽花浓行已老，天高地厚报无门。

吟成七字谁相和，付与寒空雁一群。

一九九四年元旦书门大吉

起灭浮沤聚散尘。何须分寸较来真。
莫名其妙从前事，聊胜于无现在身。
多病可知零件坏，得钱难补半生贫。
晨曦告我今天始，又是人间一次春。

频　年

酸甜苦辣本非殊。且喜频年乐不孤。

小子如今才懂得，圣人从古最糊塗。

饮馀有兴徐添酒，读日无多慎买书。

欲把诗怀问李老，一腔豁达近何如。

（宋有诗人李某，作诗浅易，多豁达语，时
号之为豁达李老。）

古诗四十首

（此四十首一九九四至一九九七年作）

（一）

狐飨鹤以盘，鹤宴狐以瓶。

鹤喙细且长，狐舌软而平。

喙舌天所赋，瓶盘人所成。

天人一参差，万物多可争。

（二）

市店卖靴鞋，易破复易绽。

买者愤不平，讥为"过街烂"。

店主貌岸然，反问不自辩：

"何以坐轿人，个个都称赞"！

（三）

萍翁画苍鹰，直立松树上。

少画翔天空，亦见鸷且强（去声）。

偶露一翅伸，未卜升或降。

指挥交通车，不如灯光亮。

（四）

春来叶骤绿，秋落聚其足。

有常亦无常，四季何匆促。

造化若无主，何以有弦朔。

造化若有主，何不惮烦数。

（五）

炳翁号半聋，食贫性孤高。

居处无一椽，半席依僧寮。

见书不得买，笔墨甘辛劳。

借录满箱箧，颜曰"我爱钞"。

（六）

长白雪长白，皓洁迎新年。

神板白挂钱，门户白春联。

地移习亦变，喜色朱红鲜。

筋力自此缓，万事俱唐捐。

（七）

下有甚焉者，上好为之引。

石缝泉涓涓，山外流滚滚。

上游势襄陵，下游生灵尽。

帝舜配天功，首殛黄能鲧。

（八）

众上泰杭山，或呼为代形。

泰杭纠其谬，代形忿以争。

赌决于塾师，师判呼者赢。

问师何所据，令彼终生瞢。

（太行读如泰杭，或误呼为代形。）

（九）

出土玉与金，精工今逊古。

何以古技能，累降竟如许。

朝代翻覆频，大权由霸主。

作俑各自娱，文化成尘土。

（一○）

窗前生意满，树密鸟雀多。

檐头有空隙，双双来作窝。

不时出或入，警惕网与罗。

天真小麻雀，一一堪摩挲。

（一一）

先母晚多病，高楼难再登。

先妻值贫困，佳景未一经。

今友邀我游，婉谢力不胜。

风物每入眼，凄恻偷吞声。

（一二）

辛勤读古书，註疏不离手。
谋食上讲堂，解释怯出口。
汉宋各成家，是圣人意否。
博士拒《左传》，因为他没有。

（一三）

经文有今古，理学分朱王。
六籍皆註我，换柱而偷梁。
孤证各骋私，舌剑而唇枪。
圣人在地下，不如告朔羊。

（一四）

昔闻造物者，抟土为世人。
无怪我生平，举措皆成尘。
幼未受唆使，义利粗自分。
何以知耻否，却判蛇与神。

（一五）

学画拙于题，发愤勤学书。
旁读作书诀，用笔当其初。
诒悟结体秘，论与松雪殊。
地下见前贤，定斥"非吾徒"。

(一六)

圣人最糊塗，我曾冒狂瞽。

圣人倘有知，必谅非轻侮。

唇焦说诸侯，笔秃告千古。

比屋竟可诛，垂教徒辛苦。

(一七)

救贫力不能，下策始卖字。

碑刻临习勤，莫会刀锋意。

及见古墨跡，略识书之秘。

笔圆结体严，观者嗤以鼻。

(一八)

见人摇尾来，邻家一小狗。

不忍日日逢，恐成莫逆友。

人意即仁义，未学似固有。

狗命难自知，随时遭毒手。

(一九)

车站询行程，客示即此路。

旁有多闻者，立刻指其误。

又来三四人，轰争各有故。

争者拳交加，观者不知数。

(二〇)

昔有见鬼人，自言不畏蒽。
向他摆事实，向他讲道理。
你是明日我，我是昨日你。
鬼心大悦服，彼此皆欢喜。

(二一)

幼见屋上猫，啖草瘉其病。
医者悟妙理，梯取根与柄。
持以疗我羸，肠胃呕欲罄。
复诊脉象明，"起居违药性"。

(二二)

遗传有基因，生活有习惯。
人性遇事机，遂成恶与善。
比干以其心，欲使纣心换。
纣自求其亡，比干何能谏。

(二三)

母慈望我长，师恩望我成。
不知所以学，早好无实名。
渐老略有得，莫慰当年情。
九天与九泉，何处呼一声。

（二四）

幼年家蓄猫，颇能通其意。

一榻暖相依，鼾声沈而细。

自身久飘蓬，莫供猫安置。

邻舍偶相逢，忧其失与弃。

（二五）

含生俱有情，小至虫与蚁。

百年与一朝，最终同一死。

人号万物灵，莫知寿所止。

相待或相求，圣人难处理。

（二六）

幼年诸儿童，相伴俱好友。

渐如换乳牙，陆续离我口。

或随父兄去，或自东西走。

如今八十馀，老友无一有。

（二七）

平生学为文，无非表现我。

自作俱足夸，人作少许可。

老来偶再观，惭愧逃无所。

或劝印全集，答曰殊不妥。

(二八)

历史如长河，人各佔一段。

幸者值升平，不幸逢祸乱。

异代论是非，各凭唇两片。

身后蔡中郎，芳臭随其便。

(二九)

渊明不为诗，写其胸中妙。

此说出东坡，后山转相告。

文亨遇或蹇，何必两相较。

寄语学诗人，莫问天所造。

(三〇)

项羽守小信，身死失其霸。

刘邦称斗智，不过谲与诈。

功臣鼎镬酬，太公杯羹价。

胆壮斩白蛇，却见野鸡怕。

(吕后名雉，汉代避其讳，称雉为野鸡。)

(三一)

自幼读诗书，今已八十四。

卑文遥能闻，恶臭自刺鼻。

佳者出常情，句句适人意。

终篇过眼前，不觉纸有字。

（三二）

辛苦弄笔墨，各自矜其长。
持以易米盐，半饱书画商。
得者如传舍，终归拍卖行。
再经一小劫，纸灰高飞扬。

（三三）

教书复著书，日日翻簿录。
半字百推敲，一义千反复。
出版以成书，足吾所大欲。
身后属何人，一一果蟬腹。

（三四）

名花具色香，果实补其味。
造物造万物，原自不能备。
众盼五福全，几人富且贵。
干禄不害民，积善尸其位。

（三五）

老子论息争。剖斗而折衡。
坐骑用青牛，並未徒步行。
所想与所践，从来不能平。
煌煌神仙传，胜无聊慰情。

（三六）

赵政以其暴，天下供驱使。
百计求神仙，终难免一死。
二世但称朕，乃秉赵高指。
乳臭有自恃，信为天之子。

（三七）

儿童有夙缘，小悦外孙女。
提携至长大，事事牵肠肚。
留学美利坚，我年八十五。
考试获全优，令我喜起舞。

（三八）

夜中不成寐，偷饮一杯酒。
酒尽眼更明，观书字如斗。
默计命终时，灵魂有无有。
有灵去何方，能如我意否。

（三九）

佛陀论修行，旨在了生死。
世寿有短长，未见终不死。
最难得涅槃，不生亦不死。
凡夫恋其生，所以惜其死。

（四〇）

可怜伍子胥，忽近而察远。

吴王拥西施，越王尝苦胆。

胜败由自招，何待忠臣管。

最后吴东门，徒费两只眼。

题《负暄琐话》二首

观剧逢其悲，饮酒逢其辣。
苦果无回甘，负暄有实话。
荡气而回肠，喜读却又怕。
一句最凄然，"过去由它罢"！

譬喻多出奇，不啻宣金口。
每读负暄话，拍案不以手。
人闻叩击声，知我泥其首。
象形一语嘲，兔爷笑颤抖。
　　（玩具泥兔爷，颈装弹簧，其头颤动，如点
首而笑。中行翁曾以相况。）

乙亥新年

八旬岁月已唐捐，鞭炮无声又一年。
义齿锋颓菘胜肉，散光镜浅字如烟。
行吟逼近数来宝，坐忘难成不倒单。
"老去渐于诗律细"，平平仄仄韵便便。

　　　　　　　　（市中禁放鞭炮已二年矣。）

卡拉 OK

　　中行翁见拙词《沁园春·自叙》，笑其调古而辞俗，说："例如孟子之束髮加冠，口不离仁义，如果换为西装革履，满口卡拉 OK 那还是孟子吗?"赋此奉答，以表服膺。

　　卡拉 OK 唱新声。革履西装作客卿。

　　五亩蚕桑堪暖老，四邻鸡犬乐滋生。

　　齐王好乐谁参预，姜女同来未可能。

　　莫笑邹人追现代，半洋半土一寒伧。

题古代名媛故事图十三幅

西 施

官僚巨富号陶朱。又载西施泛五湖。

千古福人推小范蠡，可怜胥种太糊塗。

（范蠡逃其位而以自力三致千金，信为古之
福人。西施一舸而逐之，可称独具慧眼。）

虞 姬

有勇无谋楚霸王。信难胜诈取其亡。

自歼刘吕看雌雉，不及虞姬碧血香。

（项羽守小信，岂胜刘邦之诈。自谓天亡，
实其天赋亡之也。诸吕俱殛，后宫亦清，皆由吕
雉所致者。）

卓文君

多篇集传註淫奔。可笑迂儒思未纯。

倘见华阳垆畔女，未曾读赋已凌云。

（朱熹集传多解风诗为淫奔，可谓思有邪。）

王昭君

奋勇和亲立首功。王嫱去住本从容。

汉皇迁怒毛延寿，为惜民娃出后宫。

（王嫱既归单于，遂成国色，所谓"他人妻妾"耳。）

貂　蝉

人心快处卓灯燃。演义何妨並史传。

且学董狐评故事，论功第一溯貂蝉。

（在故事中，貂蝉应为首功。又今人撰小说，必挽以男女情节，不知罗贯中辈实为作俑者。）

蔡文姬

毕竟曹瞒举措奇。远从异域赎文姬。

遗诗考证多争论，拍得胡笳惹众疑。

（《胡笳十八拍》《后出师表》俱以不见本传致考据家之疑。然古名家全集中之诗文，岂得俱见于史传乎？）

木　兰

混迹男儿充士兵。木兰必自欠轻盈。

传奇唱出由来古，不待惊筵柳敬亭。

（木兰诗只是北朝唱词一本，无烦考证。）

武则天

侍疾更衣武媚娘。挟夫啄子作周皇。

千年而下人标榜，颠倒青编臭作香。

（武曌以侍疾而蒸于太子李治，乃持治之深
讳而挟之，遂得披猖一世。）

文成公主

唐番旧事传佳话，万里南天作比邻。

显密交融承至教，有清不用再和亲。

（有清内庭大丧惟喇嘛得入殿转咒，所尊信者可知。）

杨贵妃

沉香亭畔舞衣轻。太白吟成万古声。

异日马嵬梨树下，寿王哀乐不分明。

（唐人诗有"三郎沉醉寿王醒"之句。马嵬
之变，寿王而在，不知哀乐何如也。）

穆桂英

红满氍毹唱满城。纷纷女将共西征。

当年杨业称无敌，不及涂脂穆桂英。

（杨业当时人称"杨无敌"。）

李易安

　　易安词笔抗苏辛。二晏清真落后尘。

　　底事干卿多聚讼，宋贤原不讳重婚。

　　（北宋人本不讳再嫁，朱熹当南宋时，以臣节所守，特求之妇人，堪称罪首。）

梁夫人

　　上厅行首作夫人。金鼓挝回半壁春。

　　一代奇勋冠南宋，不劳臣构嫉功臣。

　　（梁夫人有功而无祸，岂以出身微下，故不劳臣构之嫉耶。）

自题浮光掠影楼

窗前风动绿阴稠。无愧浮光掠影楼。
因病懒开尘土砚，枯肠搔遍雪霜头。
巡檐偶遇伤弓雀，行路多逢砺角牛。
愿借半龛弥勒席，常开笑口不知愁。

题北京师范大学毕业班纪念册

入学初识门庭。
毕业非同学成。
涉世或始今日，
立身却在生平。

终夜不寐，拉杂得句，即于枕上仰面书之

九秩今开六，吾生亦足奇。
登楼腿双拙，见客眼单迷。
春至疑晨暖，灯高讶日西。
乌乎馀一点，凡鸟闷中棲。

昨日非前日，无从卜未来。
梦中三劫乱，身外百年哀。
入定追泥佛，前程认草鞋。
佳肴唇吻过，鸡鸭已飞回。

朋友诗多健，凄凉忆废兴。
有时抒义愤，怒发指冠缨。
唾斥伤元气，仍传丑秽名。
何如心与笔，倾耳莫从听。

九十尚存四，前尘戏一台。
好名过好利，知往莫知来。
多目金刚怒，双眉弥勒开。
馀生几朝夕，宜乐不宜哀。

旧稿翻来读，中多得失情。

最难删削处，哀痛有馀声。

奖饰闻仍喜，嘲嬉语未停。

从今再吟詠，月白与风清。

贺新郎　烤鸭

白鸭炉中烤。

怎能分，哪边腰腹，哪边头脑。

如果有人熬白菜，抓起一包便了。

再写上谁家几号。

偶尔打开详细看，尾巴尖，重复知多少？

有的像，牛犄角（借谐上声）。

三分气在千般好。

也无非，装腔作势，舌能手巧。

裹上包装分品种，各式长衣短袄。

并未把，旁人吓倒。

试向浴池边上看，现原形，爬出才能跑。

个个是，炉中宝。

贺新郎　癖嗜

癖嗜生来坏。

却无关，虫鱼玩好，衣冠穿戴。

历代法书金石刻，哪怕单篇碎块。

我看着全都可爱。

一片模糊残点画，读成文，拍案连称快。

自己觉，还不赖。

西陲写本零头在。

更如同，精金美玉，心房脑盖。

黄白麻笺分软硬，晋魏隋唐时代。

笔法有，方圆流派。

烟墨浆糊沾满手，揭还粘，躁性偏多耐。

这件事，真奇怪！

贺新郎　詠史

古史从头看。

几千年，兴亡成败，眼花撩乱。

多少王侯多少贼，早已全都完蛋。

尽成了，灰尘一片。

大本糊塗流水账，电子机，难得从头算。

竟自有，若干卷。

书中人物千千万。

细分来，寿终天命，少于一半。

试问其馀哪里去？脖子被人切断。

还使劲，断断争辩。

簷下飞蚊生自灭，不曾知，何故团团转。

谁参透，这公案。

踏莎行三首

造化无凭，人生易晓。
请君试看钟和表。
每天八万六千馀，不停不退针尖秒。

已去难追，未来难找。
留他不住跟他跑。
百年一样有仍无，谁能不自针尖老！

美誉流芳，臭名遗屁。
千千万万书中记。
张三李四是何人，一堆符号 A 加 B。

倘若当初，名非此字。
流传又或生歧异。
问他谁假复谁真，骨灰也自难为计。

昔日孩提，如今老大。
年年摄影墙头挂。
看来究竟我为谁，千差万别堪惊诧。

貌自多般，像惟一霎。
故吾从此全抛下。
开门撒手逐风飞，由人顶礼由人骂。

清平乐　梦小悦唱歌

滴滴点点。

输液晨连晚。

大罐脉通罂粟鹼。

高卧牀头不管。

梦中多少歌声。

醒来记不分明。

只有难忘一句，

"狐狸蒙上眼睛"。

渔家傲 （就医）

痼疾多年除不掉。
灵丹妙药全无效。
自恨老来成病号。
不是泡。
谁拿性命开玩笑。

牵引颈椎新上吊。
又加硬领脖间套。
是否病魔还会闹。
天知道。
今天且唱渔家傲。

南乡子

（余因病住医院时，见有青年女子自东北牧区来，颔下生鬚数茎，住院医治。其法在臀部注射气体，疼痛呼号，其鬚仍在。）

少女貌端庄。
颔下生鬚似不扬。
千里南来求治法，奇方。
扎破臀皮打气枪。

思想要开张。
颊上添毫本不妨。
试向草原群里看，山羊。
个个髭鬚一样长。

南乡子　题汉吉语砖

　　文曰："富贵昌。宜宫堂。意气扬。宜弟兄。长相思，勿相忘。爵禄尊。寿万年。"砖方形，每边二尺馀。字作缪篆，上下二排，每排四句，笔画齐整。远观之，俨然竹帘悬于窗外也。

　　八句甚堂皇。
　　所望奇奢不可当。
　　试问何人为此语，疯狂。
　　即或相思那得长。

　　拓片贴南墙。
　　斗室平添半面妆。
　　忽听儿童拍手叫，方窗。
　　果似疏帘透日光。

南乡子　题友人临兰亭卷

题尾句骈罗。

妙语回环雅韵和。

仿佛枚文功大起，沉疴。

发我南乡一曲歌。

岁月苦蹉跎。

破砚徒穿枉自磨。

踏遍燕郊书兴减，无鹅。

遂较羲之逊几多。

南乡子

友人联袂至西郊访"曹雪芹故居",余因病未
克偕往。佳什联翩,余亦愧难继作。

一代大文豪。

晚境凄凉不自聊。

闻道故居犹可觅,西郊。

仿佛门前剩小桥。

访古客相邀,发现诗篇壁上抄。

愧我无从参议论,没(平声)瞧。

"自作新词韵最娇"。

鹧鸪天八首　乘公共交通车

乘客纷纷一字排。

巴头探脑费疑猜。

东西南北车多少，不靠咱们这站台。

坐不上，我活（作平）该。

愿知究竟几时来。

有人说得真精确，零点之前总会开。

远见车来一串连。

从头至尾距离宽。

车门无数齐开闭，百米飞奔去复还。

原地站，靠标竿。

手招口喊嗓音干。

司机心似车门铁，手把轮盘眼望天。

这次车来更可愁。

窗中人比站前稠。

阶梯一露刚伸脚，门扇双关已碰头。

长叹息，小勾留。

他车未卜此车休。

明朝誓练飞毛腿，纸马风轮任意游。

铁打车箱肉作身。
上班散会最艰辛。
有穷弹力无穷挤，一寸空间一寸金。

头屡动，手频伸。
可怜无补费精神。
当时我是孙行者，变个驴皮影戏人。

挤进车门勇莫当。
前呼后拥甚堂皇。
身成板鸭干而扁，可惜无人下箸尝。

头尾嵌，四边镶。
千冲万撞不曾伤。
并非铁肋铜筋骨，匣里磁瓶厚布囊。

车站分明在路旁。
车中腹背变城墙。
心雄志壮钻空隙，舌敝唇焦喊借光。

下不去，莫慌张。
再呆两站又何妨。
这回好比笼中鸟，暂作番邦杨四郎。

入站之前挤到门。

前回经验要重温。

谁知背后彪形汉，直撞横冲往外奔。

门有缝，脚无跟。

四肢著地眼全昏。

行人问我寻何物，近视先生看草根。

昨日墙边有站牌。

今朝移向哪方栽。

皱眉瞪眼搜寻遍，地北天南不易猜。

开步走，别徘徊。

至多下站两相挨。

居然到了新车站，火箭航天又一回。

沁园春　戏题时贤画达摩像六段

片苇东航，只履西归，教外之传。

要本心直指，不凭文字，一衣一钵，面壁多年。

敬问嘉宾，有何贵干，枯坐居然叫作禅。

谁知道，竟一花五叶，法统蝉联。

断肢二祖心虔。

又行者逃生命缕悬。

忆菩提非树，那桩公案，

触而且背，早落言诠。

临济开宗，逢人便打，寂静如何变野蛮。

空留下，装腔作势，各相俱全。

　　秀能二偈，分观各有精义，合读则如市人口
角，一曰即是，一曰即非，浅直触背，不知何故。

南乡子

拙作论书绝句一百首原稿为友人携去，归于
客商，辗转复来燕市，价增竟至一倍。

小笔细塗鸦，
百首歪诗哪足夸。
老友携归筹旅费，搬家。
短册移居海一涯。

转瞬入京华。
拍卖行中又见它。
旧跡有情如识我，哎呀。
纸价腾飞一倍加。

高阳台　自忏

时年八十又六

罪咎孤身，皮毛朽骨，奇褒爨下之材。
谁系残丝，轻弹指涩声哀。
便生九十今馀四，对斜阳，能几徘徊。
计明朝，举步虞渊，咫尺泉台。

劫波火后重提笔，费多番纸墨，拉杂盈堆。
意外流传，徒成枣祸梨灾。
尊亲师友俱何在，浊世间，可一归来？
朕深宵，自炷心香，泪滴檀灰。

竹如意铭

（搔痒器古名如意）

唯吾知足。搔着痒处。
如意吉祥，一臂之助。

书箱铭

装来五车。
作鼠穴蟫窝。
在我腹中者无多。

羊毫笔铭

笔无心，任所如。

柔弱者，生之徒。

平池蕉白砚铭

正透蕉白。虚心发墨。
馀地回旋，以守其黑。

龟形石镇纸铭

块石天然六角，何时斧凿成龟。
莫问从来踪迹，随人纸上游移。

竹根印铭

直根作印篆文古。钤书之范画之谱。
未随猪肉果脏腑。竹孙幸不忝厥祖。

木挝杖铭

目眩头晕。左颠右顿。

不用扶持，支以木棍。

布书袋铭

手提布袋。总是障碍。

有书无书，放下为快。

旧歙砚铭

粗砚贫交，艰难所共。
当欲黑时识其用。

竹臂阁铭一

习静跏趺当禅板。

阁臂抄书力可缓。

一节能持莫嫌短。

竹臂阁铭二

剖竹成半筒，形近铁券

酒杯未冷誓先寒。

铁券金书世笑看。

何似剖来黄玉筒，

铭勳自我写琅玕。